LETTRE

SUR UNE NOUVELLE MANIÈRE

D'ACCORDER

LES FORTE-PIANOS,

OU PLUS GÉNÉRALEMENT

LES INSTRUMENS A CLAVIER;

Adressée à M. MILLIN, Membre de l'Institut et de
la Légion d'Honneur,

PAR P. J. LASALETTE,

Ancien Officier-Général; Membre de la Société des
Sciences et des Arts de Grenoble.

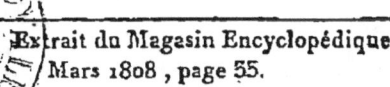

Extrait du Magasin Encyclopédique,
Mars 1808, page 55.

PARIS,

CHEZ GOUJON, LIBRAIRE, RUE DU BACQ, N.° 33.

DE L'IMPRIMERIE DE J. B. SAJOU,

Rue de la Harpe, n.° 11.

1808.

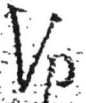

5410

LETTRE

DE

P. J. LASALETTE,

Ancien officier général, et membre de la Société des Sciences et des Arts de Grenoble, etc.; à M. A. L. MILLIN, membre de l'Institut et de la Légion d'honneur.

Grenoble, 26 juin 1807.

MONSIEUR,

On lit, dans le *Magasin Encyclopédique* du mois de mai dernier (p. 185), le passage suivant :

« Quelques musiciens habiles ont adopté
« la nouvelle méthode d'accorder les *forte-*
« *pianos*, inventée par *Lord* STANHOPE, et
« il est probable qu'elle deviendra *à la mode*,
« malgré les vives contradictions qu'elle a
« essuyées. »

Je ne connois pas *la nouvelle Méthode d'accorder les forte-pianos*, inventée par *Lord* STANHOPE; je connois encore moins quelle influence peut avoir *la mode* sur la manière d'accorder ces instrumens, mais je n'ai pu résister au desir de vouer de vives félicitations à celui qui, commençant à sentir combien la manière ordinaire de les accorder est défectueuse, a entrepris d'en rectifier les principes.

Ce motif n'est pas cependant le seul qui me détermine à vous écrire. J'ai découvert aussi, depuis nombre d'années, une nouvelle manière d'accorder les instrumens à clavier. Non moins vraie, non moins sûre que facile, l'expérience que j'en ai toujours faite ne s'est jamais démentie.

Si malgré mes tentatives pour faire adopter cette découverte ou pour la soumettre à la discussion des gens éclairés, elle est restée jusqu'ici dans un profond oubli, du moins ne s'étoit-il pas encore présenté de concurrens sur cet objet; et je me consolois de ma mauvaise fortune, dans l'espoir qu'un jour à venir le public provoqueroit lui-même l'examen de cette découverte déjà publiée depuis 1786.

Mais aujourd'hui, un homme de nom et de mérite s'annonce pour être l'inventeur d'une *nouvelle méthode* d'accorder les *forte-pianos ;* jugez, Monsieur, si cela n'est pas fait pour m'inspirer une vive sollicitude. Perdre en un instant le seul fruit que j'espérois de mes longs et laborieux travaux, m'a paru une destinée trop rigoureuse, pour ne pas chercher à l'éviter de tous mes pouvoirs. D'ailleurs n'y auroit-il pas une sorte de lâcheté de ma part, d'abandonner à une nation étrangère, des droits à une découverte que peut aussi revendiquer ma patrie? J'espère donc que vous voudrez bien consigner dans le *Magasin Encyclopédique*, journal si propre à éclairer les points de sciences les plus hérissés de difficultés, les titres que je crois avoir à cette découverte.

Si l'invention de Lord Stanhope est différente de ma manière d'accorder, il est d'un intérêt universel de connoître lequel de nos deux procédés est le meilleur : s'ils sont les mêmes, il ne sauroit être indifférent de savoir à qui, de Lord Stanhope ou de moi, appartient l'initiative. Je vais donc exposer les preuves qui sont relatives à la découverte que j'ai faite, et ensuite j'en donnerai succinctement quelque légère notion.

J'avois développé cette découverte, en 1778, dans un mémoire adressé à l'Académie des sciences, par l'entremise de son secrétaire perpétuel, M. le marquis de Condorcet, et M. Vandermonde fut chargé d'en faire un rapport à cette Académie.

Attachant alors peu d'importance à cette découverte, persuadé surtout que je ne devois plus y songer, dès qu'une Société de savans si éclairés vouloit bien l'examiner; et livré d'ailleurs à un état et à des occupations qui ne me permettoient pas de me rapprocher de la capitale, il se passa deux ans, sans que j'entendisse parler de mon mémoire.

Au bout de ce temps et au moyen d'une

personne qui voulut bien intéresser le célèbre Lavoisier dans cette affaire, j'obtins de M. Vandermonde, un écrit, sans signature, dans lequel il rejetoit formellement ma méthode, et surtout, sans qu'il parût avoir fait l'expérience *physico-sonore* que je proposois.

Surpris d'un résultat si singulier, et d'une partialité si outrée, dans un savant pour qui j'avois eu d'abord la plus grande vénération, je renvoyai ce nouveau genre de discussion au temps où je pourrois la suivre moi-même avec M. Vandermonde.

Ayant fait un voyage à Paris, en 1783, j'allai le voir, et je le trouvai chez lui. La conversation tomba bientôt sur la manière d'accorder les instrumens à clavier, et je me flattois de le convaincre aisément de la vérité des faits que j'avois annoncés, fondés sur des expériences physiques. Mais quel fut mon étonnement, en lui voyant éluder ce dernier genre de conviction, pendant plus d'une heure et demie, et avec une insurmontable obstination. C'est en vain que je lui répétois qu'un clavecin, ou un forte-piano nous mettroit d'accord, en décidant de suite si les faits que j'avançois étoient vrais ou faux; rien ne put le déterminer à en faire l'épreuve; et les raisonnemens qu'il employoit pour s'y refuser, ressembloient si fort à des divagations, que je fus tenté de croire, en le quittant, que j'avois mal pris mon temps pour l'entretenir de cet objet.

Voyant ma découverte rebutée d'une manière si inattendue, je restai quelque temps sans chercher à la faire connoître. Dans la suite, M. Leduc, à qui l'art musical est redevable d'un magasin précieux dans lequel il a tâché de réunir les objets les plus rares, les gravures les mieux exécutées, et généralement tout ce qui peut contribuer davantage aux progrès de l'art, voulut l'insérer dans une méthode élémentaire pour le forte-piano ou clavecin, composée par J. C. Bach et T. P. Pricci, qu'il publia en 1786.

Le peu de développement que je fus obligé de donner à mon travail, son insertion dans l'ouvrage précité, sans être annoncé sur le titre de cet ouvrage, la place obscure qu'il y occupoit (1); peut-être même les habitudes des accordeurs, ou les préjugés de ceux qui ne prennent pas la peine d'accorder leurs instrumens, furent probablement les causes du peu d'attention qu'on lui donna, malgré qu'il apportât plus d'exactitude, de facilité et de simplicité dans l'art d'accorder les instrumens à clavier.

Depuis longtemps l'opinion générale des savans et des artistes sembloit, par sa léthar-

(1) Page 12.

gique insouciance , adopter la méthode rou-
tinière des accordeurs, comme la seule et la
moins imparfaite qu'il fût possible d'imaginer.
Cependant, on provoque aujourd'hui cette
même opinion , en proposant une nouvelle
méthode.

Si on ne veut pas aussi la rejeter, préférera-
t-on de la recevoir sans examen , parce que
le nom de son auteur est lié à celui d'une
nation célèbre dans les sciences; ou , voudra-
t-on revenir sur une méthode délaissée sans
motifs , pour la faire servir du moins d'objet
de comparaison ?

Telle est la question qui doit naturellement
s'élever aujourd'hui. Pour aider l'opinion pu-
blique à la résoudre , j'ai cru devoir lui pré-
senter un précis de ma découverte, en atten-
dant que Lord Stanhope lui fasse part de son
invention.

Mais dans quel embarras ne tomberois-je
pas si , pour donner ce précis , je n'employois
que les moyens graphiques ordinaires ? Outre
la difficulté que j'aurois d'éviter de fréquentes
ambiguités dans le discours, outre la gêne fa-
tigante du lecteur, pour recourir à des notes
de musique sur une planche, et suivre en
même temps les idées rapides d'un raisonne-
ment serré, vous-même, Monsieur, vous trou-
veriez peut-être d'assez grands obstacles dans
la gravure de ces planches, pour vous voir

obligé de renoncer à l'insertion de ma lettre dans votre savant journal.

Si on doute de la vérité de ces observations, qu'on examine tous les écrits sur la musique, et l'on se convaincra bientôt qu'ils n'ont jamais été discutés contradictoirement, puisqu'ils sont souvent en contradiction avec eux-mêmes. Or, s'ils n'ont jamais été soumis à la discussion, seul moyen d'établir d'une manière stable les principes d'une science, quelle peut en être la cause, si ce n'est la difficulté de la méthode qu'on a employée jusqu'ici pour écrire la musique.

D'après ces considérations, vos lecteurs me permettront peut-être d'employer les signes de la sténographie musicale (2), dont on ne peut ignorer les noms, quand on sait, dans la musique ordinaire, ceux des clefs, des modes, ou du ton qu'on prend pour s'accorder dans les orchestres.

Je me servirai donc ici, sans m'exposer au risque de n'être pas compris, des lettres *c d e f g a h,* au lieu des sept notes *ut re mi fa sol la si.*

C'est une vérité abstraite et généralement reconnue, que les sons de la série diatonique des huit notes ordinaires ou naturelles d'une

(2) On la trouve chez *Goujon*, libraire, à Paris, rue du Bacq, n.° 33.

octave contiennent toutes les mélodies, tous
les chants, qu'il est possible d'imaginer ou de
combiner.

On sait d'ailleurs que parmi les intervalles
des sons de cette série, cinq d'entre eux sont
d'un ton et les deux autres d'un demi-ton. D'où
il résulte que les sons de l'octave, *c d e f g
a h c*(3) présentent, dans leurs intervalles, une
formule de deux tons et un demi-ton, et de
trois tons et un demi-ton, en allant du grave
à l'aigu, ou de *c* à *c*.

En réduisant les cinq tons de cette formule
en dix demi-tons, l'octave *c c* se trouve di-
visée en douze demi-tons : ce qui s'applique,
sans exception, à toutes les octaves qu'on
peut former sur chacun de ces demi-tons.

Il est aisé de conclure de là que chacune
de ces octaves, devant avoir les mêmes intervalles de demi-tons, il faut nécessairement
que tous ces demi-tons soient égaux entre eux;
car s'ils ne l'étoient pas, les demi-tons ne seroient pas semblablement placés dans les octaves, et les petits intervalles qu'ils compo-
seroient ne seroient plus égaux; ce qui dé-
truiroit l'identité de la composition des octaves,
et l'uniformité du système de leurs transpo-
sitions particulières.

(3) Le *c* avec un point au dessus indique l'octave
supérieure du premier *c*.

Ne pouvant, dans cette lettre, développer plus au long ce principe, je supposerai que les lecteurs suppléeront à ce que j'ai pu omettre pour achever complètement de le démontrer, et je vais en faire l'application à l'accord des instrumens à clavier.

Ces instrumens sont composés, dans chacune de leurs octaves, de treize cordes qui répondent à treize touches de leur clavier; et les douze intervalles de ces treize cordes ou touches, sont précisément les douze demi-tons des octaves dont je viens de parler.

Ainsi, pour accorder parfaitement les instrumens à clavier, il faut rendre les douze demi-tons de leurs octaves exactement égaux entre eux; et comme toutes les octaves sont égales, il suffit d'en accorder une, pour avoir résolu ce problème, attendu que toutes les autres s'accordent ensuite sur les octaves de leurs demi-tons.

Je n'entreprendrai pas de réfuter ici d'anciennes opinions qui, niant l'égalité des demi-tons, admettent cependant, par une singulière inconséquence, la possible exécution des quarts de tons; la réfutation de ces opinions auxquelles sont encore attachés des musiciens, malgré leur propre expérience, exigeroit un ouvrage plus étendu. Je remarquerai seulement qu'on a tenté quelquefois d'employer les petits intervalles de quarts de tons, pour

imiter en quelque sorte ceux du genre en-
harmonique des anciens Grecs ; mais ces essais
n'ont jamais pu s'étendre au delà du cercle
des artistes transcendans qui les exécutoient,
ou des savans qui en faisoient l'objet de leurs
méditations. L'exécution de la musique, sa
pratique enfin, qui établit les règles de l'art,
de la même manière que l'usage forme les
langues, s'est constamment refusée à les
adopter.

Il en est de même de quelques savans,
d'ailleurs très-éclairés qui, séduits par les rapports simples de calculs que présentent cer-
taines vérités prises dans la physique des sons,
ont cru pouvoir établir un système musical
sur ces vérités mathématiques, et en conclure
la nécessité des demi-tons inégaux ; mais la
pratique musicale, constante dans ses principes, et suivant toujours l'instinct qui la
guide vers la possibilité de l'exécution, n'a
fait nul état de ces divers systèmes : d'où il
est résulté que ceux qui parloient de la musique, sans l'exécuter, ne se sont plus entendus
avec ceux qui l'exécutoient sans en parler.

On peut donc, dans l'accord des instrumens
à clavier, prendre pour base l'égalité des demi-
tons, et il ne s'agit plus alors que de trouver
la manière d'obtenir cette égalité, manière qui
doit dériver du moyen même par lequel on se
procure les demi-tons.

On s'est servi jusqu'ici d'une série de douze quintes ascendantes ou descendantes, pour avoir les douze demi-tons compris dans l'intervalle d'une octave; et la quinte est en effet le seul des intervalles qui puisse les donner, en supposant que la quarte est l'inverse de la quinte, que les intervalles d'octave, de quinte et de quarte, sont irrévocablement fixés par les rapports numériques $\frac{1}{2}$, $\frac{2}{3}$ et $\frac{3}{4}$, et qu'ainsi une quinte, plus une quarte, forment précisément une octave, par la raison que $\frac{2}{3}$ plus $\frac{3}{4}$ ou $\frac{6}{12}$ sont égaux à $\frac{1}{2}$.

On a donc supposé que la note c, par exemple, étoit la première sur laquelle on vouloit prendre douze quintes ascendantes et consécutives, pour trouver les douze demi-tons compris entre cette note c et son octave $\dot{c}$.

Mais cette série de douze quintes, donnant pour ses douze demi-tons les treize notes suivantes, $c\ g\ d\ a\ e\ h\ \mathrm{Y}f\ \mathrm{Y}c\ \mathrm{Y}g\ \mathrm{Y}d\ \mathrm{Y}a\ \mathrm{Y}e\ \mathrm{Y}h$, il faut nécessairement que leur dernière note $\mathrm{Y}h$, qui se confond sur une même touche du clavier avec l'octave $\dot{c}$, se trouve, à la fin de l'accord des douze quintes, à l'unisson de cette même octave $\dot{c}$, et par conséquent à l'octave supérieure de la première note c d'où l'on est parti; sans quoi la suite des douze demi-tons donnés par la série des quintes ne seroit pas exactement contenue entre les deux sons extrêmes c et $\dot{c}$ de l'octave, condition sans laquelle il ne sauroit y avoir d'accord pour ces douze demi-tons.

Mais la nature ne répond pas à ce vœu de l'art, quand on accorde réellement de suite ces douze quintes justes sur un clavier, en observant de rapprocher leurs sons par le moyen des octaves, pour que l'oreille les juge plus aisément. L'expérience fait trouver, au contraire, que le son Yh, produit par la douzième quinte, est très-sensiblement plus à l'aigu que l'octave c, et que cette différence est presque d'un demi-ton.

Il suit de là que chacune des douze quintes justes qu'on accorde, est trop forte, par rapport à l'égalité des douze demi-tons, d'une douzième partie de ce *presque demi-ton*. C'est donc de ce petit intervalle qu'il faut affoiblir chacune de ces quintes, pour parvenir au résultat de l'égalité des douze demi-tons qu'on se propose en accordant; et c'est aussi le moyen qu'employent ordinairement les accordeurs.

Mais, comme ils n'ont point de terme fixe de comparaison pour déterminer la quantité exacte dont chaque quinte doit être affoiblie, cette méthode n'est qu'approximative, et dépend trop des dispositions, des habitudes, des préjugés, et même du *petit marteau* de l'accordeur, pour n'être pas sujette à des variétés qui rendent son exécution d'une difficulté presque insurmontable pour la plupart de ceux qui s'exercent sur le forte-piano, même avec un certain succès.

Tel est l'état actuel où se trouve la manière d'accorder les instrumens à clavier. Comme elle n'est fondée que sur une approximation dont l'oreille seule juge arbitrairement, les savans qui, dans un temps, paroissoient vouloir s'en occuper, ont fini par l'abandonner entièrement aux accordeurs, parce qu'ils n'apercevoient aucun principe sur lequel ils pussent la fonder. C'est à la découverte de ce principe, et à son heureuse application que je dois la nouvelle méthode que je vais exposer.

Personne ne doutoit jusqu'à présent que l'octave ne fût composée d'une quinte et d'une quarte justes. On croyoit ce principe aussi vrai dans la physique des sons, que dans son calcul arithmétique, qui se représente par $\frac{2}{3}$, plus $\frac{3}{4}$, égal à $\frac{1}{2}$.

Il seroit trop long de détailler les circonstances et les réflexions qui m'amenèrent à douter de son exactitude physique, et qui me déterminèrent à le soumettre à de nouvelles expériences; mais je puis dire que le résultat de celles-ci en démontre la fausseté; car, si on accorde sur un clavier *c g*, à la quinte juste, et qu'on accorde ensuite *g c*, à la quarte juste, l'octave *c* se trouvera un peu trop forte, ou un peu trop vers l'aigu.

Si de même on accorde c c̀, à l'octave juste,
et qu'on accorde aussi c g, à la quinte juste,
le reste de l'octave où la quarte g c̀ se trouvera un peu trop foible et le son c̀ un peu
trop vers le grave, eu égard au son g.

Par une suite de ces deux expériences, si
l'on accorde c c̀, à l'octave juste, et c̀ g, à
la quarte juste, la quinte g c se trouvera affoiblie, et le son g un peu trop vers le grave,
par rapport au son c.

En comparant cette quinte foible avec celle
que je devois prendre pour accorder, suivant
la série des quintes affoiblies, je m'aperçus
qu'elle en approchoit extrêmement; ce qui me
fit soupçonner que la quarte juste pourroit
bien être le module propre à affoiblir également
les douze quintes de l'accord du clavier. Vou-
lant m'en assurer, je substituai le circuit de
douze quartes justes à celui des douze quintes,
parce qu'il me paroissoit évident que ces der-
nières se trouveroient également affoiblies par
leurs quartes correspondantes, et que si cet
affoiblissement étoit celui qu'exige l'accord,
pour les intervalles égaux des demi-tons, il
falloit nécessairement que le son formant la
douzième ou dernière quarte vînt tomber sur
l'octave du son par lequel on avoit commencé
la série des quartes, et se confondre avec lui.

L'expérience s'étant prononcée conformé-
ment à ce dernier résultat, je crus devoir au-

noncer cette précieuse découverte, comme je
l'ai dit plus haut; mais l'insouciance avec laquelle on l'avoit accueillie avoit lassé mon
zèle et ma constance à la répandre, lorsque
la crainte de perdre jusqu'au titre de son auteur, est venu me tirer de cette espèce de lé-
thargie.

Je vais donc donner ici sténographique-
ment la méthode d'accorder les instrumens à
clavier, en prévenant les lecteurs qu'elle n'est
qu'une traduction de celle que j'ai donnée
en notes ordinaires dans la *Méthode pour le
forte-piano*, etc., que j'ai citée précédem-
ment, méthode qu'ils pourront consulter, si
l'écriture sténographique ne leur est pas assez
familière.

TABLE *pour accorder les instrumens à clavier,
par quartes ascendantes, en commençant
par la note* a.

(On trouveroit le même résultat, si on pre-
noit les quartes en descendant, ou si on com-
mençoit par une autre note.)

CLEF *f*, |a |d g c |c |fbh |b h |be ba bd ou Yc |Yc |Yf h | h |e a | a ||
4.ᵉ ligne. |a |a d g |c |c f |b h |bh be ba Yg |Yc |Yc Yf |h |h e |a ||

Explication de cette Table.

Comme on peut également accorder, en
commençant par l'une ou l'autre des douze

notes des demi-tons, j'ai préféré celle de *a* sur laquelle on prend ordinairement l'accord dans les orchestres.

Cette table étant sur la clef *f*, ou *f ut fa*, quatrième ligne, la première note *a* se trouve entre les deux premières lignes, et la seconde *a* sur la cinquième en est l'octave à l'aigu qu'il faut accorder.

On accorde ensuite successivement les trois quartes *ad*, *dġ*, *ġċ* et l'octave inférieure *ċc*.

Puis on accorde les deux quartes *fc*, *fb♮*, et l'octave en descendant *b♮ b♮*.

De là on passe aux trois quartes *b♮ be*, *be bȧ*, *bȧ bḋ* ou *Ɣ̇g Ɣ̇ċ* et à l'octave *Ɣ̇ċ Ɣ̇c*.

On accorde aussi les deux quartes *Ɣ̇c Ɣ̇f*, *Ɣ̇fɣ̇ḣ* et l'octave *bḣ*.

On accorde enfin les deux quartes *hė*, *eȧ*, et si cette dernière note *a* se trouve juste à l'octave de la première note d'où l'on est parti, ce sera la preuve que la partition est bien accordée, et que les douze demi-tons sont parfaitement égaux entre eux. Il ne restera donc plus qu'à prendre des octaves à l'aigu et au grave sur les autres touches, pour avoir terminé tout l'accord du clavier.

Pour être plus sûr de cette opération, on pourra essayer les harmonies sur tous les demi-tons; et s'il s'en trouve quelqu'une sensiblement défectueuse, cela indiquera qu'on y a mal accordé la quarte ou l'octave, ou que quelque corde s'est relâchée.

Si la dernière corde *a* ne se trouve pas parfaitement à l'octave de la première *a*, il faut recommencer sa partition, pour corriger la faute qui doit s'y trouver quelque part. On peut même, pour cela, suivre la marche rétrograde *ae*, *eh*, *hh*, etc.

Je bornerai là ces observations, pour ne pas rendre ma lettre d'une longueur démesurée ; mais si malgré les explications que je viens de donner, et les éclaircissemens qu'on peut se procurer dans *la Méthode pour le forte-piano* que j'ai citée, je n'ai pu parvenir encore à me faire comprendre, je tâcherai d'écarter, dans un traité plus détaillé sur *la manière d'accorder les instrumens à clavier*, les difficultés qui s'y seroient opposé.

Une dernière réflexion à faire, c'est qu'en supposant que cette méthode pût ne pas être admissible, elle serviroit toujours nécessairement de base à toute autre manière d'accorder que pourroit suggérer l'expérience ou le caprice ; car après avoir rendu les demi-tons égaux par le circuit des douze quartes, rien ne seroit plus aisé que d'y admettre le correctif qu'on jugeroit convenable, en augmentant ou diminuant, vers l'aigu ou vers le grave, les harmonies qu'on voudroit altérer ou rectifier : et de toutes les méthodes d'accorder inégalement, celle-ci séroit encore la plus sûre, puisqu'elle auroit un terme fixe de comparaison, même dans ses à peu près.

D'ailleurs, de quelque manière qu'on veuille envisager cette découverte, il constera toujours que la nature a été prise sur le fait dans une expérience, qui tôt ou tard présentera sous un nouveau point de vue le calcul des rapports musicaux, et enrichira la physique des sons du développement de deux phénomènes, sur lesquels la pratique musicale s'appuyoit sans les connoître. Cette dernière circonstance ne manquera pas, sans doute, d'amener dans la suite des changemens importans dans la théorie et dans la pratique de la science des sons, lorsque des musiciens plus éclairés que moi en auront mûrement médité les propriétés et les résultats.

Agréez, Monsieur, les sentimens d'estime et de considération que j'ai l'honneur de vous dévouer,

P. J. LASALETTE.

www.ingramcontent.com/pod-product-compliance
Lightning Source LLC
Chambersburg PA
CBHW061412170626
46811CB00005B/1959